S h i n k i r o

蜃気楼

牧野芳光川柳句集

Makino Yoshimitsu

SENRYU Collection

Senryu magazine Collection No.14

新葉館出版

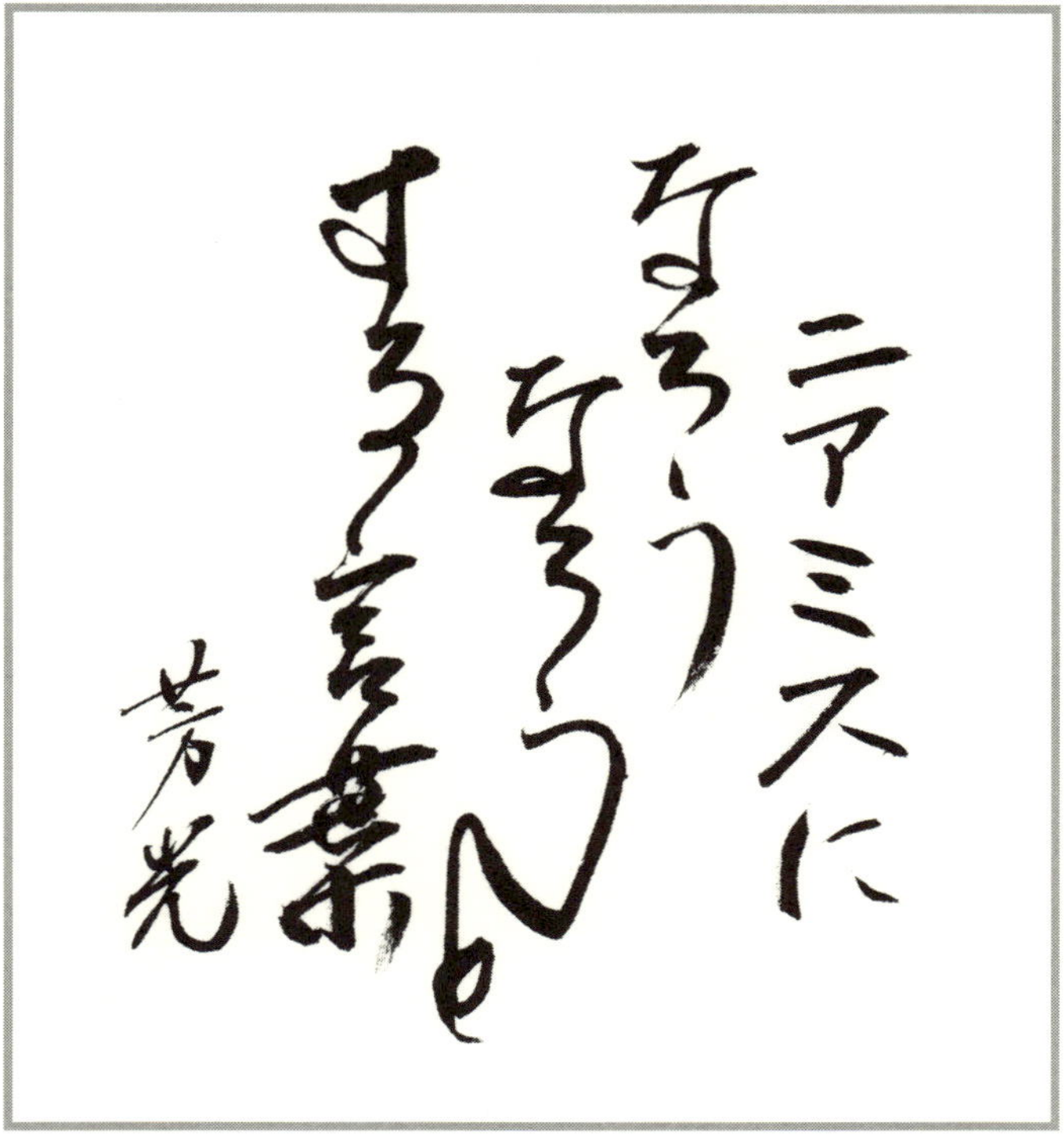

第 14 回川柳マガジン文学賞大賞受賞作より
書：著者

ニアミス

（第十四回川柳マガジン文学賞大賞受賞作品）

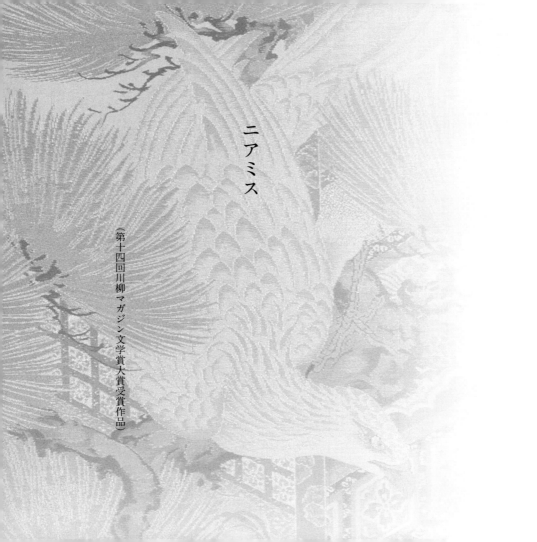

諦めたものが大きく見えてくる
群青の何かが足らぬ空の色
青空にあなたは何を描いたのか
オン・オフのはざまに疑問符が詰まる
それらしい顔して手探りで歩く

ニアミスになろうなろうとする言葉

手に触れた言葉が森になっていく

本心が出てしまうからほどけない

見つからぬようジャガ芋の中にいる

人間の臭いぬめりになっていく

蜃気楼 ■ もくじ

蜃気楼

迷い

溺れない深さで海と話する

悲しみを溜めて大人になっていく

失ったものが大きくなっていく

風船の中で実っていく野望

私のどこを食べてもトウガラシ

握り拳ほどけば花が咲いていく

母の手の届く高さのタオルかけ

人生の痒いところに妻がいる

底見せてから人間が透き通る

幸せのちょっと隣で生きている
困ったら逆さにしよう砂時計
ひそひそと時が溜っていくカレー

木くらげの耳言い訳は聞いてない

失敗の味は忘れぬフキノトウ

速乾性糊で失敗閉じ込める

灰汁すくうように女房に責められる
マシュマロになって私を消しておく
濁点を取ったら軽くなっていく

人間を脱いでも猿に戻れない

独りなら飛んでいきたい空がある

傾斜角信じ銀河に的しぼる

雨の音耳の奥から離れない
少年の心に還るコッペパン
木漏れ日が遊んでくれるケンケンパ

六月の薔薇ときめきを秘めて咲く

指先に触れた柔かさに揺れる

恋人の胸にマトリョーシカが棲む

人間が深くて恋が語れない

わたくしをスルッと脱いで町に出る

三色で描ける私の風景画

上弦の月に望みが湧いてくる

柘榴爆ぜ乙女心をのぞかせる

ちょっかいを出したくなった豆の蔓

スキムミルクくらいの恋を待っている

ぜんざいや甘納豆も意地がある

語らねば月の明かりのあるうちに

さよならはバナナの皮を剝くように

コーヒーが冷めないうちに立ち直る

僕の海ラピスラズリで塗りたくる

ターナーの海になるまで待っている
ご一緒にどうぞ夕陽の見える椅子
昏は他人　心とうらはらに

やんわりと木陰をつくり君を待つ

あなたとは少し離しておく心

悟られぬように小骨を抜いておく

助走路に横たわってる父の影

要介護の父の毒舌待っている

千羽鶴うまく折れないまま千羽

鬼胡桃こだわりはもう捨てました

欠け茶碗二つ大事に使いきる

喜びの歌が私のレクイエム

鳥や木の声が聞こえた少年期

虹追って知らない森に迷い込む

コーヒーにこだわるほどの自我はない

母さんの味とフライドチキンの差

ざわめきが指の先まで熱くする

昨日今日忘れるために書く日記

宿題をまだ忘れてはおりません

こうでない　こうなるはずはない余生

見過ごしたものが大きく見えてくる

人間の形で錆びていく月日

守るものはあるか胡瓜と茄子の棘

麦藁帽と山高帽の使い分け

謝罪したギックリ腰が治らない

コーランを唱える先の爆破音

負け戦　道端の花美しい

ウラシマ草咲いた微罪を引き摺って

生き様が一本の棒にも負ける

ざわめきが消えていくまで墨を磨る

迷い解け指の太さを隠さない

思い出に生きるしかない時がくる

剣ヶ峰よりも尖った日が続く

一瞬でも目を離したら負けになる

わたくしを斬るかも知れぬ刀研ぐ

目の奥の冷たいものを凝視する

まどろんでいる間に虹が消えている
百花咲き百花が実るわけがない
孤立する覚悟独りの手を挙げる

そのたびにつっかい棒を添えている

立ち上がるものはあるかと塩を振る

毒蛇も牙に覚悟を潜ませる

どこまでが本音どこまで物語

石ころの一つにならぬよう尖る

履歴書と柱の傷と遺言書

別姓を唱え相続権主張

許す気になれば形に拘らぬ

目力が失せて話が合ってくる

たおやかな形とかりそめの時と
上弦の月赤々と燃えている
猫団子の中の集団自衛権

火で目覚め核で人間否定する

残された時間を神様が覗く

狂わない程度に月に吠えてみる

生きる

春うららこんないい日に救急車

仮の服仮のネクタイ仮の顔

幸せでなくても人は生きていく

一月の川は拒絶をしてる色

蜃気楼のようなサラ金のネオン

時々はここに居るよと棘を出す

トラック便命を削る音がする

透明な顔が行き交う歩道橋

日本語でないお経ですありがたや

ドライフラワーもミイラも同じ色

シルバーシート要りそうにない過疎のバス

日本海虹の橋しか架からない

結論を出さなくてよい立ち話

街路灯がわりの自動販売機

廃船になっても海に首向ける

優しいが月は離れた位置にいる
底冷えの底まで雪は降り積もる
微笑みを少し返して温い夜

こだわりの目で選んでる既製品

夜の底から梟が問いかける

白い柩に喜劇を閉じる釘を打つ

左手に聖書右手に機関銃
自販機がお釣りしぶしぶ出している
悪口を言ってるような水の音

血と汗と油絵具が塗ってある

人間を忘れるような雨が降る

たてまえが四角い額に入れてある

シャッターを押したら褪せていく景色
底見せてから人間が透き通る
欲望の形に人間の器

人間がいるから神は忙しい

たいていは本物になるまでに死ぬ

DNAの中には海も入れてある

去年よりしだれ桜になっている
古本屋の棚に動かぬソクラテス
星々が飾ってくれる過疎の村

紅一点皆が女神にしてしまう

君の胸ヨハンシュトラウスの鼓動

赤白の椿おんなじ匂いする

夢を失くして昔話を繰り返す

今日明日の命ではない米を研ぐ

愛想よい売り出し中のお医者さま

喉仏動かしながら薬飲む

日曜の午後に気怠い陽が落ちる

分譲地雪が降ることなど言わぬ

シベリアの風でくの字になる日本
お喋りが過ぎるセイタカアワダチソウ
倉吉線が文鎮になっている

耐えきれぬものも背負って防波堤

まっとうに歩いていますす砂利道を

見えぬから人の心がよく変わる

しっかりと抱いたらすぐに効く薬
寒がりを探して寒い風が吹く
邪な虫も出て来るよい日和

名誉欲だけになったらお爺さん

赤ちゃんにオムツ老人にもオムツ

鉄砲を持つと命が軽くなる

すき焼きの湯気の向こうにある平和
頑張って翼に変わるランドセル
雑然としてるが区別できている

美しい星と気付かぬから戦

水脈をたどれば神の山に着く

さよならの語尾にカモメがついてくる

跳ね橋が上がりゴッホは帰れない

男と女この世は仮面舞踏会

ねんごろに藍を醸して藍の甕

雪国のＤＮＡは六角形

電飾が街をシャングリラに変える

腐るほど侍がいてやかましい

ポケットにあるかも知れぬ核ボタン

生きていると猪が出る熊が出る

雪国の桜は歌うように咲く

中空で転寝をする昼の月

優しさは微糖くらいが丁度よい

人間の吐息魚の生臭さ

古古米にされぬつもりの稲を刈る

魂が抜けた柿の実から落ちる

八月の胸は渇いていくばかり

明日になれば今を忘れているだろう

茄子の花　少子化はまだ続くのか

本物の時計は少しずつ狂う

明日へ

よく遅れる時計を妻も持っている

幸福の木を半額で買って来る

回らない首でもあった方がよい

いいこともないから魚釣っている
思案するふりをしている仕方なく
消火器を我が家の家計にも欲しい

何の取り得もない故郷に焦がれている

鬼一匹心の底に飼っている

ノーベル賞狙ってみるか晩学で

簡単なことに理屈をつけたがる
愛想笑いをする私に腹立てる
教会が近くにあるが縁がない

カタログが僕の住所を知っている

地球の裏の戦争よりも花粉症

息切れをしない程度のおつきあい

島ひとつ買って世間を捨て去るか
今日生きた垢をゴシゴシとっている
言い訳の出来ない人が好きになる

口開けて寝てる紛れもない親子

鬼灯を鳴らせないまま歳をとる

空っぽの頭に鳥の話し声

私の家に私の場所がない

沈黙の価値を知ってる聞き上手

会わなくてよい雨の日が好きになる

頼もしく思う私に背いた子

親知らずポトリと抜けて春が来た

旧友の話台所に触れず

さよならの握手も同じ温かさ

結論が出るまで米を研いでいる

上りでも下りでもよい汽車に乗る

金がない時資本主義嫌になる

明日することがないからやり残す

千切れ雲鬼になるのは難しい

悲しみをパッチワークでとめていく
にっこりとしてくれたから好きになる
円い酒四角い酒も飲んでいる

どの子にも翼をつけて送り出す

羽繕いする青空が見えるまで

お辞儀する釘の頭は叩けない

頭の中の軽いところを見てもらう

掴むまで美しかったシャボン玉

刃物研ぐ少し野心も湧いてくる

介護度が三つくらいの恋をする

三日月の刃私の胸を刺す

美しい唇だった遠かった

ぼやくたび広がっていく水溜り

人間も家もつっかい棒がいる

お叱りをリボン結びにして受ける

手の中に何も残せぬまま暮れる

本物になって優しくなってくる

風でした心掴めぬ人でした

言い訳がAからZまで浮かぶ
夕暮れに影を仕舞ってやり直す
唾飛ばすほどの誠意は見られない

人間の臭い悲しい臭いだな

風船を追っかけて迷い子になる

清濁を合わせ呑むから胃を壊す

休日は敗残兵の顔になる

買ってきた籤モナリザの微笑する

挨拶がいらない道を散歩する

古里を向かぬ日はなし母が住む

歯ぎしりの種も尽きたか歯が抜ける

お日様と鬼ごっこして草を刈る

八合目の辺りでいつもヘマをする

自画像は実物よりも美しい

座禅する胸が緑に変わるまで

尻尾が生えてないか毎朝確かめる

晴れた日は行方不明になりにいく

酸っぱいか苦いか声をかけてみる

歯を見せて笑う人には気を許す
大好きな人と一緒に年をとる
さりげなく出された恩は忘れない

ネジひとつ抜けた頭がよく遊ぶ

言い過ぎぬよう言い足りぬようにする

ちりめんじゃこの数をかぞえたことがない

満開にするひと言を探している
女房の声にゆとりが奪われる
綴じ代のようなところで生きている

夕暮れの影は明日へ背伸びする

生き様を語る鱗を剥ぐように

欲深くなって魔法にすぐかかる

私の胸をポルカに染める雲
マドンナの胸に貼りたい覗き窓
脳味噌に知恵が溢れることがない

咆哮の底に男が残される

太陽が二つ私の胸にある

星の子だ跳ねたいように跳ねなさい

初恋はフォークダンスの手の温さ

幸せの切れ端だけを噛んでいる

さよならが夕日に溶けるまで送る

讃美歌が流れる道で背を伸ばす

太陽がいっぱい　屋根を漏れてくる

登るまで美しかった未踏峰

人生の色に仕上がる卵焼き
さよならを言わせてくれたのは情け
とんがったところに魔法かけておく

桐の花母が笑ったように咲く

ジャカランダの散り敷く道で待っている

非常口抜けると未来への扉

あとがき

川柳句集を出すことは夢でした。

これまで沢山の人の句集を読ませていただきましたが、句の順序とか題との関連とかに特別な決まりはないと感じました。作品についてもそうです。どうしたら読者に分かってもらえるのかと考えるよりも、自分らしい句を創り分かってもらえる人に分かってもらえれば良いという考えに至りました。

私にとって、この人という先生はありませんが、考えてみれば出逢う人すべてが先生だと思えます。私の所属する打吹川柳会の句会には、新家完司先生や但見石花菜先生が出席して下さいます。私が川柳を始めて二十年の間、常に刺激を受けてきました。二十年かけて川柳というものを体で感じてきたように思います。

句会に入り川柳をするということは、常に刺激を受けることが出来るということです。近年インターネット句会というものがあります。それを否定するつもりはありませんが、人と人との触れ合いが出来る句会には、生身の人間がいて、人の反応を顕著に伺うことが出来ます。

平成九年に入会し、二十年があっという間に過ぎ去ってしまいました。退職の十年前に始めて、在職中は仕事が辛い時のはけ口になったりしましたが、続けていくうちに川柳は友達のようになってきました。川柳は、年と共に脳の働きが鈍り句も創れなくなると一般的には言われます。しかし、川柳は人間を詠む文芸であり、年を重ねることで人生経験の蓄積ができ、それだけ守備範囲が広がっていくものと思います。高齢になっても若い句を詠むことが出来ます。

句集が出ることは一区切りがついたということで、これからの目標がなくなったということではありません。川柳という趣味を続けることで、人生の中で一本の線が出来ているということが言えます。

川柳を始めた頃に雅号をどうしようかと思ったこともありました。私自身を川柳に託すという気持ちから本名のままでいこうと考えたのは、今まで私が出会った方々に私という者を知ってもらいたいと思ったことと、私の名前で責任を持って川柳を創りたいと思ったことからでした。

自分の句風はどうかと考えてみれば、知らぬ間に少しずつ変化してきていると思われます。それが良いか悪いかはともかく、経験と年令の所為でそうなっているのだと思います。知らぬ間に川柳との付き合いが二十年経ってしまいましたが、これからも変化するでしょうし更に自分なりの高みを目指していこうと思っています。

終わりに、この句集の発刊にあたりお世話になった新葉館出版社の松岡恭子氏をはじめ諸先輩、川柳仲間の方々にお礼を申し上げます。

平成三十年四月

牧野芳光

●Profile

牧野芳光（まきの・よしみつ）

1948年生まれ。1997年に打吹川柳会入会。現在打吹川柳会会長。誘われて2011年川柳マガジン文学賞に初出句。2011年川柳塔路郎賞受賞。新日本海新聞柳壇選者。

蜃気楼

川柳マガジンコレクション 14

○

平成30年12月24日　初版発行

著　者

牧　野　芳　光

発行人

松　岡　恭　子

発行所

新葉館出版

大阪市東成区玉津1丁目9－16 4F 〒537－0023

TEL06－4259－3777　FAX06－4259－3888

http://shinyokan.jp/

印刷所

明誠企画株式会社

○

定価はカバーに表示してあります。

ISBN978-4-86044-148-7